Couverture : Larisa KAZAKOVA

FACETTES

Du même auteur :

(E-books & version papier)

- Somewhere in Vladivostok
- Harcèlement   *(éd. BOD)*
- Harassment   *(éd. BOD)*
- Acoso   *(éd. BOD)*
- Neith (La mystérieuse Nubienne)   *(éd. BOD)*
- The Nubian (The mysterious Neith)   *(éd. BOD)*
- Les macarons   *(éd. BOD)*
- La veuve PLYNN   *(éd. BOD)*
- Instants ultimes   *(éd. BOD)*
- Que dire de plus ?   *(éd. BOD)*
- Cousine !   *(éd. BOD)*
- Tu n'es pas la femme de l'homme
          que je suis   *(éd BOD)*
- The day after in London   *(éd BOD)*
- Londres : le jour d'après   *(éd BOD)*
- Ma dernière nuit en Sibérie   *(éd BOD)*
- My last night in Siberia   *(éd BOD)*
- Faces   *(éd BOD)*

(www.bod.fr)

« ... *La rencontre, est l'aventure par laquelle le sujet sort de lui-même pour revenir à lui, grandi ou troublé* ... »

Leslie Morel

FACETTES

Pensées

.

FACETTES

Au commencement ….

Peu importe si c'est un homme ou une femme que vous croisez dans cette rue, sur ce boulevard, dans ce train de banlieue, dans un aéroport ou dans ce square, en pleine journée, un peu par hasard, ce jour là alors que vous étiez dans vos pensées, détendus ou préoccupés, pressés ou nonchalants, flânant au gré de votre humeur.

Evénement banal en soi.

Deux individus mûs par la même dynamique, venant chacun à la rencontre de l'autre, ignorant l'existence de l'un et de l'autre jusqu'à cet instant précis où, inexorablement, deux univers s'interpénètrent formant ainsi cette bulle privative dont l'existence sera limitée dans le temps (le temps du croisement), et dans laquelle, tout ce qui se sera passé du début à la fin, sera irréversible.

Deux univers singuliers, véhiculant des passés aux couleurs et aux odeurs disparates ou en parfaite harmonie, permettant d'identifier des points d'intersection, résultat d'un pur hasard ou l'illustration d'un paradoxe (ces deux-là sur le point de se croiser, n'ayant rien en commun), ne présageant nullement de ce que certains pourraient qualifier de « *belle rencontre* » en comparant ces deux univers accidentellement réunis.

Dans ce contexte particulier, tout à coup, sans savoir pourquoi, parmi la centaine de visages, le regard d'une personne accroche le vôtre au point d'attirer votre attention.

Qu'est-ce qui pourrait nous pousser à accepter contre toute attente cette rencontre «visuelle » et nous laisser volontairement enfermer dans cette captivante et mystérieuse bulle privative, bulle dont la durée de vie dépendra du rythme imprimé par nos pas avançant vers l'autre jusqu'au moment fatidique du croisement ?

A première vue, rien.

Comment ne pas nous sentir libres dans un espace publique dans lequel le principe même de notre liberté est inaliénable ?

Comme si, contre notre volonté, notre regard se trouve tout à coup verrouillé sur un visage rencontré pour la première fois, et qui à priori, ne présente aucune des particularités des standards susceptibles de nous émouvoir.

Alors, pendant les quelques mètres à parcourir avant de croiser l'autre, nous voilà embarqués dans cette bulle pour un voyage vers l'inconnu à la découverte de l'autre, prêts à pénétrer un univers inconnu de nous quelques secondes plus tôt.

Alors, successivement, tel un kaléidoscope tournant sur lui-même face à un point lumineux, livrant ainsi tour à tour les facettes multicolores de cette mosaïque d'ethnies, apparaissent devant nous, pêle-mêle, Zorah, Pietro, Fatoumata, Edwige, Thierry, Pascaline, Lara, Ahmed, Lucie, Meryem, et bien d'autres qui n'auraient pas réussi à nous captiver.

ZORAH

La trentaine, de taille moyenne, cheveux longs frisottés couleur ébène, attachés en queue de cheval au moyen d'une barrette, des lèvres fines rose nacré, un pantalon gris foncé, un chemisier couleur parme, un blazer gris clair, des ballerines rouge vermillon.

Profitant de sa pause méridienne, cette juge pour enfants fraîchement nommée déambule dans ce parc parisien, arboré et fleuri.

Malgré une charge de travail importante et des responsabilités écrasantes, Zorah s'impose quotidiennement ce moment de détente lui pemettant de faire le vide dans son esprit, et tenter de retrouver une nécessaire sérénité (*l'après-midi promettant d'être éprouvant*), à travers cette balade dans cet environnement verdoyant, rassurant, apaisant.

Matinée difficile.

Une dizaine de comparutions extrêmement pénibles. Chaque face-à-face mettant en scène des mineurs multirécidivistes face à elle, Zorah, juge pour enfants, insultée, menacée de mort, parfois démunie devant ce qu'elle considère comme la chose la plus inacceptable qui puisse exister, lorsque l'on s'attaque à son autorité que lui confère son statut de juge, lorsque l'on piétine la fonction qui est la sienne et pour laquelle elle a fait tant de sacrifices personnels pour y parvenir.

Pourtant, en choisissant de faire des études de Droit en vue de devenir une magistrate, elle se sentait prête à affronter ce monde qu'elle a pu entrevoir lors de ses stages dans les cabinets des juges qui l'ont accueillie comme stagiaire.

Mais, une fois livrée à elle-même (*auréolée de son statut de juge pour enfants, statut qui lui commande d'observer cette distanciation nécessaire permettant d'être en face de ces mineurs, la juge et non pas la maman de deux enfants dont elle surveille l'éducation comme le lait sur le feu*), elle était à mille lieux d'imaginer toute l'étendue des conséquences de cette « casse sociale » à tous les étages de la société, à commencer par la démission des parents face à l'éducation de leurs enfants.

Depuis le début de sa carrière en tant que juge pour enfants, elle s'est toujours interrogée sur la finalité de sa fonction.

Si la fonction du juge pour enfants consiste à intervenir dans le cadre de l'assistance éducative à mineurs en danger, instruire et juger les mineurs accusés d'avoir commis des délits, qu'en est-il des cas avérés de parents défaillants, voire démissionnaires ?

Comment procéder en amont pour limiter la production de tous ces cas graves de mineurs à la dérive, en grande perdition, en rupture de ban et éviter que le cabinet du juge ne devienne un déversoir de tous ces cas sociaux produits par la société qui les rejette ?

Les méthodes enseignées dans les écoles de la magistrature seraient-elles semblables à celles préconisées dans les facultés de médecine qui apprennent aux étudiants à identifier une maladie en fonction des symptômes et soigner ladite maladie en s'attaquant en priorité au traitement des symptômes qui sont en fait, (*voire principalement*), les signes visibles ou les conséquences d'un dysfonctionnement indirect ?

Pourquoi l'approche globale n'est-elle pas la doctrine ? Pourquoi est-elle laissée de côté au détriment de la certitude que chaque situation sociale délétère ne puisse jamais générer en aval toute cette partie non négligeable de la société qui peuple les cabinets des juges ?

L'approche globale se définissant également par la notion d'approche intégrale, « *reconnaît qu'une part très importante des difficultés que vit une personne est le produit de l'action humaine qui lui est étrangère.* »

Pour elle, appliquée à son domaine de prédilection, cette action humaine étrangère (*ayant engendré les conséquences dramatiques qu'elle est amenée à constater chaque jour dans son cabinet*), à savoir la démission des parents face à la responsabilité qui leur incombe d'éduquer et d'assister leurs enfants mineurs, ne fait aucun doute.

Lesdits parents, se dégageant de leurs charges d'éducateurs en considérant que, leur mission d'éducateurs s'arrête là où commence celle du système éducatif établi et mis en œuvre par le ministère de l'éducation nationale.

Ils se sentent plus « légers » en se délestant de la partie la plus essentielle de leur responsabilité sur l'éducation nationale dont la mission n'est pas d'inculquer les notions fondamentales de respect, de politesse, d'intégrité morale, … .

Seraient-il lâches en projetant sur l'éducation nationale, la responsabilité qu'ils refusent d'assumer, s'agissant de leurs propres enfants?

A leur décharge, combien de parents sont réellement disponibles, armés pour faire face aux conséquences du délitement de la société dans laquelle nous vivons, société dans laquelle plus rien n'est à sa place, plus rien n'est important, plus rien ne ressemble ni de près ni de loin à cette bonne vieille morale qui habitait jadis (*il n'y a pas si longtemps*) l'esprit des hommes et des femmes ?

Il fut un temps, une belle voiture garée dans la rue faisait l'objet d'une admiration sans borne de la part de tout le monde. Les gens s'approchaient, les mains presque dans le dos de peur de la toucher pour ne pas l'abîmer.

De nos jours, au mieux sa carosserie est rayée au moyen d' un objet métallique, au pire, elle est vandalisée, volée et brûlée.

Que faire des cas désespérés ?

Invoquer St-JUDE (*le patron des causes perdues*) tous les matins avant le début des comparutions ?

Le doute est permis : l'enseignement de la charité chrétienne ne fait pas partie du cursus aboutissant au métier de magistrat.

Alors, appliquer la loi dans toute sa rigueur en ayant la satisfaction du devoir accompli en gommant les imperfections de la société et ainsi éliminer tout ce qui dépasse et qui fait désordre ?

Faire preuve de mansuétude en pensant avant

tout à la mère de famille (*dont la vie est un véritable cauchemar*), abîmée et dépassée par les événements, pour laquelle la sévérité d'une décision du juge ne ferait que raviver sa douleur d'avoir échoué dans son rôle de mère ?

Que dire des institutions (*dont la grande absente est l'école des parents*) et des mesures d'accompagnement figurant dans le catalogue, mis à la disposition du juge pour enfants, lui permettant de «faire de son mieux » ?

Une seconde chance ? Une troisième chance ? Une quatrième, une cinquième ? Qu'est-ce qui se passe après ? Jusqu'où faudrait-il aller pour tenter un sauvetage lorsque tous les voyants sont passés au rouge écarlate ?

Par nature, le cerveau de l'être humain n'étant pas réinitialisable au même titre que le disque dur d'un ordinateur, comment reprogrammer le délinquant multirécidiviste pour le remettre sur le chemin de la réussite et assister à sa rédemption ?

Zorah ne peut échapper à ce questionnement

permanent qu'elle porte en elle, tel un fardeau, même si, dans cet environnement verdoyant agrémenté de chants d'oiseaux, feindre la sérénité et le détachement ne peut durer que le temps d'une pause méridienne.

Notes personnelles

Notes personnelles

PIETRO

Ressemblant trait pour trait à Dick Rivers, Piétro est un métis né d'une mère française et d'un père colombien, un ancien courreur cycliste professionnel qui avait choisi de s'installer en France depuis de nombreuses années.

Une famille sans histoire de la région nantaise, dans laquelle l'harmonie s'est peu à peu établie. Conditions idéales pour mettre au monde et élever des enfants dans un environnement sain et serein.

Piétro fait partie d'une fratrie de cinq enfants, deux filles et trois garçons, fratrie dans laquelle il occupe la troisième place.

Sa venue au monde a éclipsé l'existence des deux sœurs qui le précèdent, une naissance saluée comme il se doit de par son statut de « premier garçon né » de la famille.

Malgré son statut qui lui ouvrait des droits exhorbitants d'enfant-roi, Piétro fut un enfant équilibré, calme, obéissant, évitant les mauvaises fréquentations, réussissant dans ses études secondaires qui l'ont conduit à passer et obtenir un brevet de technicien supérieur en hôtelerie option cuisine.

Diplôme en poche après plusieurs stages dans des établissements hôteliers prestigieux, il put dès lors déclarer au grand jour, son rêve secret d'aller s'installer aux Etats-Unis d'Amérique.

Chacun peut aisément imaginer les longues soirées de discussion au sein de la famille.

Un véritable séisme au sein de cette famille tranquille.

Il parvint en fin de compte à convaincre ses parents de le laisser partir vivre son rêve américain.

Mais, dans le secret de leur chambre à coucher au premier étage, des discussions houleuses interminables sur ce même sujet, se terminaient tard dans la nuit par un dos à dos dans le lit conjugal, et par une indifférence totale manifestée le matin au réveil par ces deux géniteurs soucieux du devenir de leur fils roi

Triste spectacle offert par deux personnes qui s'aiment follement mais qui n'arrivent pas à se comprendre, au bord de la rupture, ne pouvant s'unir et adhérer au projet de vie de leur fils Piétro.

Le père qui connaît bien ce sentiment presque obsessionnel de quitter les siens pour aller s'établir ailleurs et vivre le rêve d'une autre vie, sait plus que quiconque, ce que ressent son fils Piétro, le premier né de sexe masculin parmi ses enfants.

La maman, beaucoup plus enracinée sur sa terre nantaise, pense que la France, grand pays de la gastronomie, est assez vaste pour que son fils puisse trouver son bonheur dans l'exercice de sa profession de cuisinier.   .

« Personne ne t'attend là-bas mon fils »

a-t-elle répété bien des fois à son fils les

larmes aux yeux, avec le secret espoir de le voir renoncer à son projet de partir s'installer aux Etats-Unis.

Pour tenter de calmer les inquiétudes de sa chère maman et lui réitérer sa détermination à poursuivre son projet, son argument fétiche, c'est le précept de St-Exupéry :

«*Fais de ta vie un rêve, et d'un rêve une réalité.* »

Malgré le sens profond de cette phrase contre laquelle il n'y a presque rien à objecter sauf l'impérieuse nécessité de rappeler à chacun, la responsabilité qui lui incombe de conduire sa vie au mieux de ses intérêts, les suppliques et conseils avisés venant d'une mère prudente et inquiète, en l'absence du soutien de son époux qui au contraire, pousse son fils à s'en aller vivre son rêve américain, Piétro débarqua un matin d'automne à New-York, ville dans laquelle il connaissait vaguement un copain pâtissier qui lui avait vanté les charmes de cette partie du monde où, à ce qu'il paraît, chacun vit et s'épanouit dans l'abondance et l'allégresse.

Son rêve américain pouvait alors commencer sans tarder, puisque (toujours à ce qu'il paraît) il suffit de se baisser pour amasser fortune.

Trois mois plus tard, le voilà de retour à la maison, à la grande satisfaction de sa maman et au grand désespoir de son papa.

Son retour à la maison fait suite à sa prise de conscience qu'il vaut mieux éviter de vivre d'illusions pour ne pas se perdre dans la désillusion.

Les nombreuses suppliques de sa maman, l'impreparation de son voyage, l'imprécision de ses objectifs, les vaines attentes de quelque chose qui tarde à venir ou qui ne viendra jamais, à commencer par l'obtention du visa H-1B, ont fini par semer le doute dans son esprit sur sa capacité à demeurer dans un pays dans lequel personne ne l'attend, pays dans lequel faire fortune ne relève exclusivement pas d'un rêve.

Sachant que le doute amène à la sagesse (*selon Henri-Frédéric Amiel*), et que la sagesse possède la vertu de présenter l'illusion sous son « meilleur » profil pour ne plus faire illusion et éviter de poursuivre son chemin vers la désillusion.

Piétro a compris qu'il ne sert à rien de persister dans sa volonté de faire fortune loin de chez lui.

Il était donc temps de faire le deuil de ce rêve qui a habité son imaginaire pendant un certain temps, le privant de son discernement, l'obligeant à ignorer la sagesse de sa mère.

Lorsque la noyade est inéluctable, et que nous n'avons que l'eau qui nous environne pour nous agripper, peut-on raisonnablement considérer le fait de renoncer à se jeter à l'eau comme un manque de courage ou au contraire, affirmer qu'il s'agit d'un acte de courage ?

Notes personnelles

Notes personnelles

FATOUMATA

Fatoumata marche d'un pas nonchalant dans les allées bondées du marché typique de ce quartier populaire de Paris.

Son voyage retour en Afrique est proche.

Pour ne pas y retourner les mains vides, elle vient chercher les tout derniers produits de beauté réclamés par les femmes de son quartier au pays, des produits qui coûtent une véritable fortune dans les boutiques locales, avec en sus, le risque de la contrefaçon, à l'origine de graves problèmes de santé publique devant lesquels les autorités sont impuissantes.

Les plus fortunées passent ainsi par elle pour dénicher à Paris, ces pots de crème à vocation éclaircissante pour le visage et le corps, ces lotions pour cheveux crépus susceptibles de les rendre plus soyeux, etc … .

Véritable VRP, elle vit six mois en Europe et six mois dans son pays d'origine.

Sa profession l'oblige à organiser sa vie de cette manière, en partangeant son temps entre deux continents.

Fatoumta est une marieuse.

La définition la plus réaliste de cette profession peu connue et qui fait sourire la plupart du temps, est la suivante :

« *Personne qui aime s'entremettre pour conclure des mariages.* »

Ce métier s'est imposé à elle à la suite du constat amer face à l'attitude de certaines filles de son pays et d'autres pays du continent africain, obligée de rechercher un avenir meilleur en mettant tout en œuvre pour se trouver un fiancé, puis un mari d'origine européenne, et ainsi fuir la misère pour se construire un cadre de vie un peu plus en adéquation avec le rêve de toute jeune fille désireuse d'être heureuse, tout simplement.

Qui peut les blâmer si l'on observe que, la vie de ces milliers de jeunes filles qui n'ont pas d'autre choix que de végéter dans leurs quartiers, vivre des aventures sans lendemain avec des hommes réduits à leur plus simple expression par la grâce d'un chômage de très très longue durée, sans aucune perspective d'avenir pour la plupart d'entre eux qui par ailleurs, sont incapables de satisfaire aux obligations faites à l'homme de faire face aux besoins les plus élémentaires de son épouse.

Ainsi, sans surprise aucune, des grossesses accidentelles se succèdent à un rythme effréné, générant des enfants à la chaîne, des enfants qui finissent chez les grand-parents (*dans les meilleurs des cas*) ou bien livrés à eux-mêmes, condamnés à errer et côtoyer le pire dans les rues à longueur de journée, hypothéquant ainsi leur santé et leur avenir.

Un crève-cœur pour Fatoumata chez qui, quatre de ses neveux et nièces vivent à demeure, totalement à sa charge.

De ce constat, Fatoumata prit la décision de de changer les choses. Vu de l'extérieur, cela revient à vouloir vider la mer avec sa petite cuillère à café.

Elle aime reprendre à son compte cette expression bien connue :

« *Impossible n'est pas français* ».

Partie en guerre contre ce qu'elle considère avec trstesse comme « l'hémorragie perpétuelle du futur », elle déplore ce futur qui disparaît avant d'exister.

Ce qui équivaut à la mort sociale prématurée de toutes ces jeunes filles qui rêvent du prince charmant avec tout ce qui va avec.

Combien de ces jeunes filles (*qui ne sont pas nées avec une cuillère en argent dans la bouche*), pourront attendre sereinement la venue de cet homme providentiel digne de ce nom, qui pourra leur donner cet avenir radieux dont elles rêvent ?

Quels événements pour satisfaire quelles ambitions ?

Un européen en villégiature partageant un taxi brousse ? Un membre de la diaspora en vacances au pays approché par la famille ? Un petit coup de pouce de la providence pour une rencontre fortuite dans la rue ou sur une plage ?

Quelle garantie pour que cette rencontre fortuite sur une plage ou dans un bar à ciel ouvert, puisse déboucher sur une relation sérieuse susceptible de conduire les deux tourtereaux devant le maire permettant par la suite, le départ vers l'eldorado ?

Comment gommer l'image désastreuse de ces jeunes filles en quête de bonheur, tentant le tout pour le tout de se frayer un chemin vers ce bonheur inaccessible qui leur fait tant envie ?

Touristes en goguette ou membres de la diaspora de retour au pays face à ces jeunes filles aux yeux brillants d'envie, tous sont dans ce faux rapport humain dans lequel, chacun / chacune va essayer de tirer le meilleur de la rencontre à son profit exclusif.

Parfois, Cupidon force le destin. Alors, tout le monde est heureux. On fait la fête. On prépare le voyage vers d'autres cieux. A l'aéroport, des yeux qui pleurent, des lèvres qui sourient lors des adieux, des joies mêlées de tristesse : une maman qui pleure le départ de sa fille, une petite sœur qui sourit à l'idée de pouvoir aller rejoindre la grande sœur très prochainement,...

Contre toute attente, ce même Cupidon parfois détourne ostensiblement la tête, faisant lamentablement échouer les projets d'union les plus avancés, tuant dans l'oeuf, toute perspective d'avenir.

Alors, une fois encore, le déchirement au moment des adieux, des promesses sans lendemain dans le hall de l'aéroport. Parfois, pour les plus imprudentes et les plus inconscientes par les temps qui courent, des cadeaux inattendus laissés par les visiteurs dont elles ne verront plus jamais le bout du nez.

L'idée de Fatoumata est simplissime : forcer le destin, même si l'avenir en la matière, n'est pas simple à manoeuvrer..

Elle aime bien répéter cette pensée de Dona Maurice ZANNOU aux jeunes filles qui viennent lui demander conseil :

« *Il n'y a pas de destin tout tracé. Forge le tien par ta perception, par ta participation, par ta détermination et par ton abnégation.* »

Elle leur explique en substance que la perception de cet avenir dont elles rêvent ne doit pas être ni rester quelque chose d'abstrait.

Participer à l'avènement de ce bonheur tant désiré, devrait passer par une farouche détermination.

Tout ce qui prendra vie, serait à l'image de la graine qui commence à se décomposer dans la terre pour aborder son cycle de germination.

En clair, sans rien renier du passé ni du milieu socio culturel auquel elles appartiennent, elles doivent être en mesure de se débarrasser des adhérences (*issues de ce contexte socio culturel*) qui les ont maintenues jusque là dans une dépendance affective et économique. Car, cela pourrait fausser leur perception et entraver leur détermination à adopter la bonne posture favorisant la réalisation de leur projet de vie.

A la tête d'un réseau impressionnant de mamans de quartiers qui lui permet de repérer les jeunes filles à marier, Fatoumata s'est peu à peu constituée un catalogue de fiancées potentielles.

Grâce aux réseaux sociaux et à ses séjours en Europe, elle se livre à un démarchage méthodique auprès de la diaspora pour tenter de susciter des envies de rencontrer des jeunes filles du pays, candidates au mariage.

Elle tient à ce que les filles du pays reviennent en priorité aux hommes du pays.

Pour elle, cela ne peut être qu'une source de stabilité, chacun comprenant l'autre sans effort chacune maîtrisant les us et coutumes de l'autre, tout ceci devant concourir à créer les conditions idéales pour une parfaite cohésion au sein du couple en devenir.

Notes personnelles

Notes personnelles

EDWIGE

En cette fin d'après-midi de Mars, dans le flot des travailleurs en route pour regagner leur domicile après (*pour la plupart d'entre eux*), une journée de travail harassante, Edwige, vingt-six ans, yeux perçants couleur vert émeraude, cheveux roux, piercing à la narine gauche, une multitude de bracelets aux poignets générant des cliquetis à chacun de ses pas au fur et à mesure qu'elle avance.

Sa profession : lectrice dans une grande maison d'éditions.

Signe particulier : recalée dans ses trois tentatives de publication de son roman plusieurs années avant son entrée en fonction dans la maison d'éditions qui l'emploie depuis trois ans.

Etat d'esprit actuel : grosse frustration.

Parfois, le cours de la vie se déroule de

manière déconcertante.

Edwige qui a cru un instant (*dans sa jeune vie*) avoir écrit le manuscrit du roman de l'année, et qui a vu s'envoler ses rêves de romancière reconnue, signant des autographes dans les salons du livre, se retrouve (*par un curieux hasard*) à présent dans la position de celle qui a la capacité de faire la pluie et le beau temps, d'influer sur la destinée des futurs(es) écrivains(es).

D'avoir été recalée dans ses tentatives de publier son manuscrit, elle avait passé beaucoup de temps à souhaiter le pire à celle ou à celui qui a jeté son manuscrit aux orties, la privant ainsi d'une supposée gloire future.

Dès lors, son questionnement porte sur l'aptitude d'une personne qui n'a jamais écrit un roman à s'ériger contre l'existence et la reconnaissance d'un travail sincère, ardu, utile.

De ce questionnement, résulte sa conviction que le poste qu'elle occupe dans cette maison d'éditions, est légitimé par sa connaissance des mécanismes d'écriture, qui lui permet de décider de la publication ou de la non publication d'un roman.

Elle avait sué sang et eau pour faire aboutir son projet d'écriture.

Elle sait ce qu'est la transe de l'écrivain. Elle connaît les affres de la page blanche. Elle a ressenti en son temps et bien souvent, ce début de malaise lorsque le corps ordonne à l'écrivain d'arrêter d'écrire pour s'alimenter. Elle connaît tout de l'état d'esprit de l'écrivain de A à Z.

Soit !

Il n'en demeure pas moins que le doute est permis quant à son objectivité dans l'exercice de sa fonction de lectrice de manuscrits.

Ce doute découle du fait que l'âme humaine ne peut se défaire du ressentiment aussi facilement, le ressentiment se définissant comme le fait de se souvenir avec animosité des torts que nous avons subis. Ce qui génère un mal incidieux qui ronge et qui empêche le discernement.

Vu sous cet angle, comment pourrait-on croire en toute logique que mademoiselle Edwige puisse recommander un manuscrit qu'elle aurait lu en diagonale, et qu'elle aurait sans cesse comparé au sien en le dénigrant dans son for intérieur, s'érigeant en juge supême dans ce tribunal intime de sa conscience, condamnant en secret de facto et sans appel, les manuscrits qui sont déposés tous les matins sur son bureau ?

Combien de futurs bons écrivains sont ainsi passés à la trappe sous la dictature de mademoiselle Edwige, si ces derniers n'ont pas eu la bonne idée de contacter d'autres maisons d'éditions en parallèle ?

Une telle situation rappelle étrangement le conflit d'intérêts.

Mademoiselle Edwige se retrouve à chaque fois au centre d'une prise de décision où, son objectivité et sa neutralité peuvent être remises en cause, et lui coûter son poste, si toutefois, elle a omis de faire mention des rejets successifs de son manuscrit lors de son entretien d'embauche.

Il est plus que probable que le poste lui aurait échappé si elle avait eu l'honnêteté d'en parler.

Qui peut la blâmer ?

A qui la faute ?

La DRH qui n'a pas su lui poser les bonnes questions aux fins de sonder son esprit dans son fonctionnement intellectuel ?

Ou elle-même, qui tout au long de ces années à ce poste de lectrice, n'a pas su ou n'a pas voulu s'imposer et observer cette nécessaire distanciation exigée par l'éthique impliquant l'application sans faille de principes moraux dans l'exercice de sa fonction de lectrice ?

Vu de l'extérieur, cette censure jubilatoire imposée par elle dans cet exercice peu orthodoxe de sa profession, permet-elle de lui apporter la certitude de faire œuvre utile en recalant ces romanciers(es) en herbe ?

Oeuvre utile en quoi ?

Probablement dans son esprit perverti par une irrépressible envie de vengeance, la certitude que le monde de la littérature se porterait mieux sans ces gens qui ont la prétention d'écrire des romans et qui selon elle, n'ont aucun talent.

Faire place nette.

Préparer son avènement dans ce milieu très fermé dans lequel, il ya tant d'appelés et peu d'élus.

Notes personnelles

.

Notes personnelles

THIERRY

Paris, début décembre, 6 heures du matin.

Il fait froid. Il fait très froid. L'air est glacial.

Les pots d'échappement des voitures fument. Les passants emmitouflés, en route pour le travail, pressent le pas et s'engouffrent dans les bouches de métro.

A l'intersection de la rue Turbigo et de la rue Réaumur, en face du métro Arts et Métiers, le camion de ramassage des ordures ménagères marque un arrêt, obligeant les voitures à avancer au rythme des ramassages des poubelles.

A l'arrière, deux éboueurs sautent des marchepieds situés de chaque côté du camion. Et dans un ballet réglé au millimètre, ils se saisissent des poubelles, les accrochent au dispositif de soulèvement qui se charge de les les déverser dans le grand réservoir de collecte des ordures. Quelques secondes plus tard, les poubelles sont redéposées au sol, libérées des bras articulés du dispositif, et les deux éboueurs se chargent de les repositionner devant les immeubles.

Scène classique de ramassage des ordures ménagères.

Donc jusque là, rien de spécial.

Un des deux éboueurs se nomme Thierry.

Il est de Bourgogne Franche-Comté, plus précisément de Dijon.

Il prépare une thèse en génie mécanique et devrait la soutenir à la fin de l'année universitaire.

La suite logique : un poste de professeur pour transmettre son savoir à la jeune génération.

Au moment où ses condisciples sont presque tous dans des bureaux à effectuer des tâches réputées plus nobles et moins salissantes, lui, a choisi d'être éboueur à la ville de Paris pendant cette période où, tout étudiant dans le besoin doit trouver et exercer un job générant un salaire minimum permettant de couvrir ses dépenses quotidiennes.

Ainsi, caissier ou caissière durant le week-end dans un supermarché, gardien de nuit sur un chantier, ou pour les plus chanceux, un poste dans le secteur tertiaire en rapport avec les études poursuivies, dans des entreprises qui pourront les garder et les intégrer dans leurs effectifs, une fois le diplôme en poche, qu'importe, l'essentiel c'est de décrocher un job pour survivre.

Lui, son quotidien, c'est de prendre en charge les déchets produits par la société des hommes qui, dans une course effrénée, consomme de plus en plus et rejette autant de déchets qu'il est possible de produire.

Pourtant, ses parents habitent dans un hôtel particulier dans un quartier riche de la ville, et font partie de la bourgeoisie locale.

Par conséquent, Thierry n'a pas besoin de ce travail pour survivre pendant sa scolarité.

Il reçoit un chèque tous les mois de ses parents pour payer son studio et reste discret sur ses activités matinales dans les rues de Paris.

Il rentre une fois par mois en famille et se comporte comme un doctorant « ordinaire », discute de l'état d'avancement de sa thèse avec ses parents, tous les deux professeurs des universités.

Son compagnon de travail, l'autre éboueur qui partage ses tournées matin après matin derrière le même camion poubelle, vous vous souvenez ? Celui qui se tient sur l'autre marchepied, qui est-ce ?

Quelle est cette personne d'origine africaine, la casquette visséé sur la tête, méconnaissable derrière ses grosses lunettes de protection, agile et très habile de ses mains, qui sait jongler avec les poubelles comme personne ne peut le faire ?

Elle s'appelle Malika.

Profession : Agent de collecte des ordures à

plein temps, émargeant dans les livres comptables de la ville de Paris.

Signe particulier **:** cheveux coupés à la garçonne.

Statut **:** petite amie de Thierry.

Ils habitent dans le même quartier dans une banlieue parisienne et se sont rencontrés fortuitement au centre commercial.

De cette rencontre naquit une belle amitié qui s'est transformée peu à peu en une grande histoire d'amour.

Malika n'a pas hésité un seul instant à lui parler de son métier. Elle a su tellement bien lui en parler que Thierry (*contre toute attente*) s'est senti attiré vers ce métier que d'aucun qualifierait d'utilité publique mais que beaucoup d'autres hésiteraient à exercer.

Exercer un métier parce qu'un proche a vanté les mille et un aspects de ce métier, n'est pas comparable à l'attitude à adopter devant un restaurant qui ne paie pas de mine mais dont les plats (*à ce qu'il paraît*) sont succulents.

Au pire, on y entre par curiosité et si la réputation n'est pas à la hauteur, on n'y revient plus

Dans le cas de Thierry, être éboueur, cela revient à faire un choix de vie, sachant que tout choix demande (*voire exige*) des sacrifices.

Thierry pourrait dans ce cas de figure, avoir sacrifié son discernement et sa liberté d'agir au profit exclusif de son amour pour Malika.

Il pourrait par extension, hypothéquer sa relation avec ses parents devant son choix de vie dont ils ne voudront jamais accepter la réalité, ce, à tous les niveaux.

Son double choix à savoir, être éboueur ou docteur en génie mécanique pour enseigner devant des élèves (*qui n'ont que faire de ses théories*), est en balance avec ses convictions qui éveillent sa conscience et le poussent à être utile à la société en ramassant ses ordures tous les matins.

Si sa passion pour ce métier dure à jamais et que dans le futur son amour pour Malika le maintient dans cet état d'exaltation dans lequel il se trouve en ce moment, comment pourrait-il expliquer à ses parents son virage à 360° ?

Peut-être que ses parents, au moment de la confrontation, passeront par les différentes phases du déni, du refus, de la peur, de la colère, de la culpabilité. Et que sais-je encore ?

Ils pourront néanmoins essayer de mettre leur déception de côté.

Ils pourront tenter d'accepter l'inacceptable et adopter une autre vision de ce qu'est la liberté de choisir sa vie.

Alors se terminera leur rôle en tant que parents dans le choix de vie de leur enfant et ainsi permettre à ce dernier de s'auto déterminer afin de conduire de façon souveraine, ses propres expériences.

Lui seul pourra récolter les fruits ou les déconvenues de ses expériences.

Le rôle des parents étant de fournir les outils nécessaires pour permettre la réussite de leur enfant dans le futur, en quoi sont-ils fondés à prétendre savoir ce qui est bon ou néfaste pour la future génération ?

Au regard de leurs propres expériences ?

Quel parent pourrait prétendre détenir le brevet de la meilleure expérience de vie au point de vouloir infléchir celle de son enfant ?

Dans le règne animal, à partir d'un certain âge, la génération suivante coupe ce lien invisible et assume sa propre destinée.

Le seul élément remarquable qui subsiste après cette nécessaire séparation d'avec la génération d'avant, c'est ce que l'atavisme commande de faire ou de ne pas faire. Les choses sont extrêmement claires. La nouvelle génération paie cash ses erreurs. C'est ainsi.

Cet atavisme renseigne la nouvelle génération sur l'attitude à tenir face à la vie.
Et grâce à ce formidable et mystérieux mode de transmission, les générations successives

perpétuent les traditions et conservent leur instinct de survie.

Il est aisé d'imaginer l'ambiance qui s'installe lors des déjeuners en famille à l'arrivée de l'enfant qui « dénote ». Le crâne rasé, une barbe de vingt jours, jeans troué, tenue débraillée, attitude masculine adoptée par la fille rebelle, piercing, etc … .

Au mieux, l'enfant sera regardé de haut et au pire, ignoré de tous si au grand désespoir de ses parents, le choix de sa profession va à l'encontre de la tendance générale imaginée et imposée par ces derniers, au nom de « ce qui est bien pour l'enfant ».

Ainsi, l'enfant qui évoluera dans les pas de ses parents, sera considéré comme un enfant-roi, digne d'intérêt, parfois adulé, alors que celui qui est qualifié de rebelle, sera juste toléré. Il ne pourra pas être ramené au magasin pour un échange standard. Les parents devront faire avec, et se désoleront d'avoir engendré un être qui ne leur ressemble pas.
Ils se rejetteront la faute sur l'un ou sur l'autre, s'accusant mutuellement d'être à l'origine du

du mal qui frappe le rejeton.

Ce qui est certain, aussi loin que l'on puisse remonter dans la lignée de Thierry, il n'y a jamais eu d'éboueur, de surcroît, amoureux d'une africaine.

Quant à l'existence de Malika dans la vie de Thierry, du rôle qu'elle a joué pour y entrer, et du fait qu'elle est tout au début d'un heureux événement, c'est une autre affaire.

Notes personnelles

Notes personnelles

59

PASCALINE

Dans ce couloir au nord de ce grand hôpital du centre de Bordeau, la professeure A. Pascaline, entourée de ses internes, se dirige vers les chambres pour entamer ses visites du jour selon le protocole habituel.

Elle porte des verres correcteurs sur une monture multicolore, rendant son visage lumineux et quelque peu drôle.

Quiconque la croise dans cet hôpital, se souvient de son visage.

Sa dégaine la ferait presque passer pour une excentrique en blouse blanche ou pour un clown venu distraire les enfants malades, si sa présence au milieu de ses internes dans cette section austère de cancérologie, ne venait démentir cette première impression.

En effet, Pascaline est loin d'être une

excentrique.

Pascaline est une oncologue de grande réputation.

Elle est mondialement connue. Les malades viennent de loin la consulter.

Ses diagnostics sont d'une précision dite chirurgicale, ses avis sont sans appel. Un second avis n'est généralement pas nécessaire après son verdict.

C'est ainsi. Elle maîtrise son sujet.

Elle est l'auteure d'un nombre incalculable de publications concernant cette maladie qu'elle traque à longueur de journée avec une pugnacité qui force le respect.

Elle a un flair incroyable. Dans l'exercice de son métier, elle possède un don particulier pour débusquer et dompter le crabe.

Sa spécialité : le cancer du cerveau.

Ses compétences en cancerologie, font d'elle

la sécialiste la plus écoutée, la plus respectée du milieu médical dans son domaine de prédilection.

Pour elle, un jour de gagné sur la maladie est une victoire à mettre au crédit du malade.

Sa méthode pour stimuler la combativité des patients (*entre autres*), consiste à fixer en début de traitement, un nombre de points à atteindre dans un délai imparti, un nombre de points correspondant à une étape cruciale du traitement, étape annonçant la suivante, puis celle qui vient après jusqu'à l'étape finale conduisant vers la guérison. Elle croit à la force du mental dans le processus de guérison.

Sa méthode a donné de bons résultats, pour peu que les patients y adhèrent.

La médecine pour elle est plus qu'une passion. Elle est tenace. Ses combats contre cette maladie dont elle connaît presque tous les secrets, sont légendaires. Les malades qui arrivent parfois sur des civières, repartent sur leurs deux jambes. Elle force l'admiration de ses confrères.

Ce qui la révolte par-dessus tout et l'amène à se transcender, c'est de voir la maladie s'attaquer à des enfants parfois très jeunes, sans défense, ne connaissant rien de la vie.

Ses croyances en Dieu sont très limitées, même si de temps en temps, elle va à la rencontre de celui qu'elle condamne lorsque des enfants en bas âges en phase terminale lui sont confiés, à qui elle arrive malgré tout à redonner du temps pour grandir un peu, en attendant les nouvelles avancées de la médecine.

Elle ne croit pas à l'existence du Karma qui frappe les individus redevables envers la vie (*à ce qu'il paraît*).

A ceux ou celles qui disent qu'un nourrisson qui a le cancer, serait redevable dans son existence antérieure, et qui en revenant au monde, devra payer sa dette karmique, elle répond :

BALIVERNES !

Devant de tels propos et face à des parents

désemparés, elle prend toujours le temps d'expliquer ce qu'est un cancer, démontrant ainsi, le fossé qui existe entre une supposée dette karmique (*si cela est avéré*) et la prolifération anarchique des cellules dans le corps humain.

Malgré son esprit rationnel, rigoureux et quelque peu formaliste, la Professeure A. Pascaline a un grand secret.

Une et une seule personne connait ce secret. Celui qui partage ce secret habite à des milliers de kilomètres de Bordeaux, très exactement à 11.902,38 kilomètres à vol d'oiseau.

Une fois par an, Pascaline parcourt ce long chemin à la manière d'une pélerine. Elle attend ce moment avec impatience, non pas pour pouvoir se baigner dans les mers de Chine, de Sulu, de Java, mais pour revoir son vieil ami qui vit sur les rives du fleuve Kinabatangan, ce vieil ami à qui elle a sauvé la vie à Bordeaux.

Oui vous avez deviné **:** Pascaline se rend

chaque année à Bornéo.

Une fois sur place, il lui faut supporter à chaque fois cet environnement humide, cette atmosphère étouffante, ce lieu envoûtant. Un endroit hostile pour une européenne délicate et portant des lunettes multicolores.

Mais ce qu'elle vient y faire auprès de son vieil ami, dépasse tout entendement.

En effet, la faculté de médecine verrait d'un très mauvais œil ce qu'elle vient y faire, eu égard à son statut d'oncologue de réputation mondiale.

Le vieil ami, était autrefois professeur à la faculté de médecine. Ancien directeur de thèse de Pascaline, il a été impressionné par les aptitudes de cette doctorante extrêmement douée à qui il avait confié son sort plus tard lorsqu'il avait été atteint d'un cancer rare.

Une lutte acharnée contre le cancer de son mentor, lutte à l'issue de laquelle Pascaline finit par trouver le protocole adéquat, permettant une rémission confirmée après plusieurs mois de traitement.

La cause était désespérée.
L'espoir d'une guérison quasi inexistant.

Pourtant, elle était parvenue à ce résultat spectaculaire, scellant définitivement cette grande amitié entre son mentor et elle, elle la petite doctoresse aux lunettes multicolores, face à ce géant de la médecine qui possède une connaissance encyclopédique de la médecine.

Au cours de la recherche et la mise au point de ce protocole, contre toute attente, Pascaline accepta de suivre les directives de son mentor (*originaire de Bornéo*), dans le plus grand secret. Ce dernier, adepte de cette médecine décriée, dite « traditionnelle » pratiquée sur son île natale, avait souhaité sa mise en œuvre pour le traitement de son cancer.

Ces directives avaient permis des avancées spectaculaires ayant conduit à accélérer la guérison.

C'était troublant pour elle de constater que les

réponses aux traitements de la médecine dite «moderne » ne donnaient aucune satisfaction, alors que l'application du protocole issu de la médecine traditionnelle, (*combinaison de plantes soigneusement choisies selon un rite particulier*), avait provoqué un changement notoire qui a déclenché le processus de la guérison.

Jour après jour, les analyses de sang, les divers examens cliniques ont confirmé la régression du cancer, et le patient s'est porté de mieux en mieux jusquà sa guérison finale. Des contrôles réguliers post-traitements ont confirmé eux aussi ce constat, et par la suite la déclaration de la rémission.

Devant une telle évidence, Pascaline ne put se résoudre à accepter ce qu'elle a expérimenté en se mettant (*à la demande de son mentor qui n'avait plus rien à perdre*), hors la loi. Il n'est pas permis d'appliquer un protocole qui n'ait été certifié par les instances de la santé. Par conséquent, Pascaline s'est rendue complice d'une faute grave pouvant la conduire devant le conseil de l'ordre des médecins. Mais, la seule personne qui pourrait la dénoncer se trouve être son professeur devant lequel elle avait soutenu sa thèse, et à qui elle a sauvé la vie en suivant ses directives.

Son trouble est réel face à cette situation dans laquelle sa fidélité à son serment de sauver des vies, se heurte à la méthode mise en œuvre pour sauver son patient.

« La fin justifie les moyens », dit le vieil adage.

Alors, est-il possible qu'en médecine, un médecin (*qui a prêté serment*) puisse être disposé à mettre en œuvre des moyens condamnables (*aux yeux de la médecine dite moderne*) pour obtenir coûte que coûte la guérison d'un patient ?

Par voie de conséquence, la guérison devra-t-elle être justifiée pour excuser la méthode ?

Ce questionnement lui a coûté des nuits sans sommeil.

En fin de compte, ne pouvant prendre conseil

auprès de quiconque, elle prit la décision de de poursuivre ses recherches dans cette voie parallèle pour voir où cela va la conduire.

Bien sûr elle ne pense pas au prix Nobel. Elle reste persuadée que, quelques vies sauvées justifieraient la mise en danger de sa carrière.

C'est alors le point de départ de son intérêt pour la médecine traditionnelle pour laquelle elle effectue chaque année ce voyage à destination de Bornéo.

Notes personnelles

Notes personnelles

LARA

Lara a posé une journée de congé pour des raisons personnelles.

Raisons très personnelles en effet. Elle sort d'une visite chez son gynécologue.

Elle est désemparée.

Elle est enceinte.

Résultat d'un moment d'égarement, un soir de virée avec des collègues du commissariat.

Lara est policière.

Policière non pas par vocation, mais parce que, avant elle, son père et son grand-père étaient des policiers de haut rang.

Elle est une fille unique, et n'a pas eu le choix malgré son sexe et les réticences de sa maman d'intégrer cette institution peuplée en majorité d'hommes.

Lara n'a pas une réelle attraction pour ce métier qu'elle n'a pas choisi, mais qu'elle exerce malgré tout avec courage et respect.

Elle aurait voulu voyager à travers le monde, découvrir de nouvelles civilisations, écrire des livres, faire de la peinture d'art, fonder un foyer stable, habiter une grande maison remplie d'enfants.

Mais à la place, elle mène une vie dangereuse rythmée par l'exercice de l'autorité, (*ce qu'elle déteste par-dessus tout*), une vie incertaine (*une journée bien commencée ne garantit pas une fin de journée tranquille*), et pour terminer, l'obligation de cacher sa féminité derrière le port de l'uniforme, (*elle qui adore se mettre à son avantage*).

Elle est dans la bonne période de sa vie où son corps lui permet de mener jusqu'à son terme une ou plusieurs grossesses sans histoire.

Par conséquent, tomber enceinte (même dans

les conditions où cela s'est passé), ne peut être qu'une source de bonheur, une régularisation ultérieure étant toujours possible.

Mais, (*il y a un gros « MAIS »*), c'est aussi la période où elle est engagée dans un processus d'évolution de carrière au sein de son unité au commissariat, en parfaite contradiction avec la conduite et l'aboutissement de sa grossesse. En effet, en pleine préparation aux concours internes pour son avancement conformément au plan de carrière prévu et suivi par son père, sa grossesse serait un sérieux handicap pour le bon déroulement de sa préparation.

Par conséquent, Lara est face à un gros dilemme : son bébé, là tout de suite, mettant un frein à l'évolution de sa carrière, ou bien, priorité à une carrière dans le pur respect de la tradition familiale ?

Contre toute attente, la confirmation de sa grossesse a déclenché chez elle une prise de conscience qu'elle est en train de rater sa vie.

En effet, comment admettre cette obligation d'exercer le métier de ses ascendants par procuration ?

Pourquoi devrait-elle ajouter ses plus belles années à celles (*belles et longues*) qui ont permis à son grand-père et à son père d'effectuer en leur temps, une carrière bien remplie, et faire abstraction de sa propre destinée ?

Elle rejette cet encombrant héritage alourdi par le poids de la tradition dont elle n'a que faire.

Elle refuse de continuer à être un maillon de cette chaîne d'interdépendance ancestrale qui, jusqu'à cet instant précis, a orienté et pesé sur son existence.

Elle refuse d'hypothéquer la réalisation et l'avenir de ses propres aspirations.

Son désir de libération est fort.

Elle ne veut pas sacrifier son bébé.

Pour cela, elle a besoin de couper ce lien invisible tissé par son père et son grand-père qui la maintient dans ce commissariat contre sa volonté, couper ce cordon qui l'empêche d'évoluer et vivre sa propre vie.

Elle connaît d'avance les conséquences de ce renoncement à poursuivre sa carrière selon le plan préétabli par son père.

Elle devine la déception de son papa qui l'a préparée pendant toutes ces années à faire une carrière exemplaire au sein de la police.

Elle n'est pas certaine de pouvoir compter sur le soutien indéfectible de sa maman qui, en épousant son père, avait également épousé l'institution de la police.

Si à ce jour, elle ne s'est jamais opposée aux choix de son époux vis-à-vis de sa fille, comment pourrait-elle approuver et soutenir la décision de sa fille de cesser de vivre la vie de son père par procuration ?

Elle entrevoit des tensions relationnelles au sein de la famille, principalement entre Lara et son père.

La paix et l'harmonie qui ont règné au sein de la famille risquent de voler en éclats. Elle ne voudrait pas vivre une telle situation d'avoir à affronter le caractère quasi militaire d'une personne à l'ombre de laquelle, elle a vécu jusqu'à présent sans jamais oser contester la moindre de ses décisions.

Il n'est même pas certain qu'elle soit capable de comprendre sa fille qui a envie de porter des robes et non pas un uniforme de policière, sa fille qui voudrait établir des relations empreinte de douceur avec son entourage, et non pas être dans un rapport de force permanent avec ses concitoyens.

Plus grave : serait-elle en mesure d'accepter, d'accucillir et d'aimer le bébé de la discorde ?

Notes personnelles

Notes personnelles

LUCIE

Salle d'embarquement aéroport Roissy Charles de Gaulle.

Destination Rome.

Lucie, créatrice de bijoux, est assise parmi les passagers en partance pour l'Italie.

Elle voyage une fois par mois en Italie pour s'approvisionner en pierres fines, précieuses ou ornementales à Murano.

Mais ce voyage qu'elle est sur le point d'effectuer, revêt un caractère particulier.

Elle a eu du mal à fixer la date de son départ.

Elle appréhende son retour en Italie. Elle l'appréhende d'autant plus que la réponse prévisible à l'ultimatum qu'elle a lancé à cet homme qu'elle voudrait contraindre à faire ce qu'il ne peut faire, la tracasse beaucoup.

Malgré tout, elle tient bon. Elle veut aller jusqu'au bout de cette folie que la morale réprouve. Il n'y a pas de réponse rationnelle à sa folie.

Catholique pratiquante, c'est au cours d'une messe en milieu de journée dans une chapelle de quartier à Murano qu'elle fit la connaissance du frère Carlo, curé de la paroisse.

La quarantaine, allure svelte, le regard vif, la voix apaisante et rassurante.

Prêtre depuis une quinzaine d'années, le frère Carlo est estimé par ses supérieurs. Ses homélies sont très suivies et sont en rapport avec son temps. Il fait partie de cette nouvelle génération de religieux désireux d'apporter un peu de modernité dans l'exercice de leur mission d'apôtres du Christ.

Lors de ses précédents passages à Murano, Lucie n'a jamais manqué d'assister aux messes de midi, messes qui sont devenues des moments importants dans sa vie.

Peu à peu, une vraie amitié s'est installée entre le frère Carlo et cette femme toujours assise au premier rang, sur la langue de laquelle, le prêtre dépose délicatement le corps du Christ en prononçant la phrase rituelle. Il pouvait presque sentir son parfum, observer les traits de son visage, capter les mille et un messages délivrés par ses yeux.

Du guide spirituel, le frère Carlo est devenu un ami très proche.

Et contre toute attente, Lucie mis au monde une petite Carla dont elle attribue la paternité au frère Carlo.

Ce dernier ne connaît pas sa présumée fille âgée maintenant de trois ans, et n'a jamais manifesté le moindre désir de la connaître.

Carla n'a jamais fait le déplacement en Italie avec sa mère. Elle devrait être du dernier voyage, mais Lucie a d'abord voulu régler un détail important avec son présumé père à savoir, obtenir l'accord de ce dernier de le ramener en France, afin d'organiser leur union dans le plus grand secret.

Elle veut épouser l'homme qui (selon elle) s'est déguisé en prêtre.

Elle voudrait s'unir avec un homme pas commme les autres. Un homme d'église, (*du moins ce qu'il en reste dans la mesure où, ayant franchi le pas en brisant son vœu de chasteté à plusieurs reprises*), qui continue de se cacher derrière son statut de prêtre qui lui confère une certaine respectabilité dont Lucie n'a que faire.

«***Si l'obstacle est trop haut, ne t'entête pas à vouloir le franchir, mais contourne le.*** » dit un vieil adage.

Aux yeux de Lucie, sa soutane ne représente plus un obstacle à franchir.

Lucie a bien compris le principe, au point de parvenir à triompher de cet obstacle sans trop se forcer.

Elle ne se considère pas pour autant comme une héroïne. Elle ne se sent pas dans la peau d'une héroïne. Elle ne se considère pas non plus comme la dernière des traînées, la femme de mauvaises mœurs, celle qui a réussi à suborner le serviteur de Dieu droit dans sa soutane.

Elle se considère comme celle qui hait ce rival invisible que l'on nomme pompeusement « le fils de Dieu » contre lequel elle n'a pas de prise.

Elle se considère comme celle qui a su déjouer la vigilance d'un homme réputé « pieux » qui a promis de consacrer son corps et son esprit au service de sa religion.

Pendant les moments de capitulation, Lucie (*câline et triomphante, déployant toute son ardeur à empêcher son amant de manifester une quelconque résistance en s'appliquant à lui faire oublier son vœu de conserver son corps chaste et pur*), ne parvint presque jamais à détourner son regard de la soutane noire, cet attribut sacerdotal délicatement posé sur une chaise à côté du lit lors des visites nocturnes du frère Carlo.

Tout prêtre qu'il est, au moment de se retirer,

(probablement pour aller s'auto flageller) emporte avec lui, un esprit «mélangé», embué, rempli de doutes.

Mais d'un autre côté, il est à supposer qu'il est probablement persuadé que le fait d'avoir le courage de remettre cette soutane sur le dos, pourrait spontanément l'absoudre de son péché et ainsi lui redonner cette autorité momentanément abandonnée à la porte en pénétrant subrepticement dans la chambre de Lucie la nuit tombée, soir après soir.

Pour elle et à tout point de vue, cette soutane est un rappel permanent de sa détermination à aimer cet homme à qui elle s'est donnée, au même titre que lui qui, en son temps, a su se donner au Christ, au nom de ce même sentiment d'amour qui l'avait dévié du chemin emprunté par ces êtres réputés « ordinaires », ceux qui n'ont pas reçu cet appel de Dieu tant redouté ou tant espéré par certains.

Cette soutane qui symbolise à elle seule, à la fois, ce qu'il y a de plus sacré et ce qu'il y a de plus détestable (*la présence qui accuse*), est le témoin silencieux de ces moments où, le démoniaque prend l'avantage sur le divin, où la folie est plus forte que la raison.

Pour Lucie, ce qui caractérise un prêtre ordonné, c'est sa propension à se croire à part, c'est à dire, croire qu' en étant un homme de chair et de sang comme tous les autres hommes de chair et de sang, il bénéficie (en plus de sa nature humaine corruptible), d'une pseudo supériorité que lui confère son vœu de chasteté, qui l'empêche de se marier, et qui le rendrait vertueux.

Où finit la vertu ? Où commence la chasteté ? Où finit la chasteté ? Où commence la vertu ?

La noblesse de l'une pourrait-elle éclipser l'immortalité de l'autre ?

Le frère Carlo ferait-il rimer « chasteté » avec « lâcheté » en tentant de projeter sur Lucie, la responsabilité personnelle patente qu'il refuse obstinément, définitivement d'endosser ?

Lucie s'interroge.

Ce qu'elle ne comprend pas et ne veut pas

comprendre, c'est le fondement d'une situation qui la dépasse et qui lui rappelle étrangement celle déplorable de l'entreprise dans laquelle, le règlement intérieur est plus restrictictif que la Loi.

Comment cela peut-il se faire ?

Comment continuer à encenser un religieux qui dans l'exercice de sa mission est réputé être une créature d'exception puisque c'est l'élu de ce Dieu suprême, qui a reçu son appel pour le servir, alors que dans sa vie personnelle, cet élu de Dieu est l'illustration parfaite de ce qu'est l'illusion ?

Comment peut-il y avoir deux poids deux mesures devant l'exigence de probité induite par l'interprétation des dogmes de la religion et imposée par l'église depuis la nuit des temps ?

Comment peut-on croire à l'incorruptibilité de l'HOMME évoluant dans un environnement dans lequel la règle doit être la liberté d'exister ou de ne pas exister, de croire ou de ne pas croire, de respecter la parole donnée ou de ne pas respecter son engagement ?

En fait, l'HOMME n'a-t-il pas inventé le libre arbitre pour se dédouaner de sa responsabilité face à ses turpitudes, cette faculté dévolue à l'HOMME de s'autodéterminer librement, à penser et à commettre des actes, par opposition au déterminisme qui serait inscrit dans l'ADN de chaque être humain lui permettant d'agir conformément à ses propres pulsions ?

Qui a décrété que le prêtre était un homme vertueux ?

A quoi rime le vœu de chasteté ?

Pourquoi les pasteurs se marient-ils et pas les prêtres ?

Pourquoi le Christ aurait-il le droit de préempter le cœur des hommes à marier ?

Pourquoi ? Pourquoi ? Pourquoi ? ...

En dépit de son questionnement, son orgueil de femme lui commande de faire abstraction des graves conséquences de ses actes passés et présents qu'elle assume totalement.

Les nombreuses nuits d'amour partagées avec son amant en soutane, sont une réalité.

Carla est une réalité.

Frère Carlo, à la fois homme et prêtre, celui qui d'après elle a contribué à la naissance de sa fille Carla, (*n'en déplaise à l'église*), ne peut échapper à son destin.

Elle est déterminée à entrevoir son lendemain de façon radieuse, à l'image de son attente : le frère Carlo, Carla et elle, ensemble en France dans le plus parfait anonymat.

Notes personnelles

Notes personnelles

MERYEM

Bien loin de sa Turquie natale, Meryem vit en France depuis quelques semaines.

Elle vient de déjeuner dans le quartier des Halles et se promène dans les environs de l'église St Eustache, en s'attardant dans le jardin moderne Nelson Mandela.

Elle vit à Antalya où elle possède un magasin de chaussures sur la riviera. Une affaire prospère. Les clients (*principalement des touristes fortunés*) s'y pressent devant les présentoirs garnis de paires de chaussures de luxe.

Meryem est une femme célibataire, élégante, riche et très courtisée.

Les parents de Meryem sont issus d'une famille très pieuse, très attachée aux valeurs prescrites par leur religion.

Elle, elle est l'électron libre de la famille, de

par ses prises de position, son style vestimentaire, son mode de vie, … . Ce qui est une vraie désolation pour sa mère qui désespère de ne pas la voir rangée et mariée.

Elle adore boire du champagne millésimé et déguster toutes les douceurs qui vont avec.
Elle aime la vie, la belle vie et elle ne se refuse rien. Elle voyage dans le monde entier à des fins commerciales, et pour son propre plaisir.

Malgré son apparente vie sans une ombre au tableau, Meryem vit un véritable drame.

Cela fait plus d'une année qu'elle est préoccupée par un souci dont elle ne voit pas la fin.

Ses relations les plus haut placées dans son pays ont été mises à contribution, en vain.

Elle a dépensé sans compter, sans résultat.

Alors, son magasin mis en gérance, elle quitte la Turquie pour tenter de régler le problème elle-même.

Quelques semaines avant d'arriver en France, elle se trouvait en Suisse dans le canton de Genève sur les traces de cet amant de passage qui détient des photos intimes la concernant.

Ces photos ne sont pas si terribles par rapport à ce que l'on pourrait imaginer. De nos jours, que représente une photo qui montre les seins nus d'une femme ?

Rien de par les mœurs débridées de la société actuelle. En été, les plages regorgent de seins nus, et personne ne s'en plaint.

Ce qui la chagrine et la met hors d'elle, c'est la trahison dont son amant s'est rendu coupable vis-à-vis d'elle, en prenant ces photos à son insu.

Trahison de la part d'un homme au visage angélique, à qui elle a consacré du temps, à qui elle a donné à manger, à qui elle a trouvé du travail, à qui elle a rempli les poches, lui qui était sans avenir, l'homme qu'elle a presque aimé.

Ce qui la motive par-dessus tout pour se

lancer dans cette croisade, c'est sa crainte d'avoir à faire face un jour à la réaction de ses parents qui découvriraient ces photos. Elle craint les bouleversements que va provoquer la publication de ses photos sur lesquelles, son visage est associé à des seins nus. Elle a peur de perdre définitivement l'amour de ses parents, amour déjà mis à rude épreuve par son mode de vie.

Cela pourrait tuer sa mère, comme elle se le répète sans cesse.

Une fois par mois, elle reçoit un courrier contenant à chaque fois, une photo différente au dos de laquelle sont écrits ces mots sybillins : « *Western Union* » suivis du nom d'une ville.

En clair, elle devait comprendre : je suis dans telle ville dans tel pays, envoie moi de l'argent urgemment.

L'avant dernière fois, la ville était Genève. Cette fois-ci, Paris.

Ainsi, elle suit à la trace cet amant diabolique

au gré de ses déplacements, en jouant bien naïvement à la détective, dans l'espoir de retrouver cette personne qui perturbe ses nuits depuis plusieurs mois.

Elle a son plan et espère le réaliser très prochainement.

.

« ***Résister à un chantage requiert une grande force à la fois devant le désespoir et l'amour propre.*** »

Comment Meryem peut-elle résister à cette affliction profonde ?

Affliction comme un miroir à double face, à savoir, celle qu'elle tente de surmonter et celle causée par sa mésaventure qui pourrait le cas échéant, heurter violemment l'âme de ses parents.

Un plaisir fugace (*au moment où elle filait le parfait amour avec cet amant de passage qu'elle exhibait partout tel un trophée*), qui devint peu à peu ce déplaisir qui la fait frémir de dégoût.

Comment peut-elle continuer de se regarder dans ce miroir qui lui renvoie l'image de cette femme qui a perdu (*à travers cette épreuve*) son amour propre et par extention, son envie de vivre ?

Notes personnelles

Notes personnelles

AHMED

Trente-cinq ans, marié, professeur des écoles, originaire d'Afrique du nord, cinq années d'expérience.

Une vocation tardive à la suite d'une révolte intérieure qui dans toute sa noblesse, a généré au fil du temps, cette envie de faire partie de ceux et celles qui donnent envie aux enfants d'apprendre.

Mais le concernant, cette envie va bien au-delà de sa volonté d'être celui qui se met au service des enfants pour les aider à structurer leur pensée et leur personnalité. Il veut créer les conditions idéales pour une parfaite réussite de ces enfants dont il a la charge.

Faire apprendre les rudiments du savoir selon les précepts mille et une fois rabâchés par des générations d'instituteurs et d'institutrices dans les écoles de la république, ne lui semble pas correspondre à la finalité de cet enseignement dont la vocation est de former les futurs (es) citoyens / citoyennes condamnés(es) à vivre dans une société en pleine déliquescence.

Sa révolte intérieure est née à la suite des événements tragiques qui ont secoué le pays tout entier.

Des voix nombreuses se sont levées pour condamner et prescrire des solutions. Des solutions qui traitent en aval les conséquences d'une situation au lieu de s'attaquer à ses causes en amont. Des solutions aux antipodes des enjeux auxquels la société doit faire face, pense-t-il.

Son questionnement est simple et complexe à la fois : comment faire d'une diversité au départ, un ensemble homogène à l'arrivée ?

Sans avoir l'air d'être un utopiste prétentieux, celui-là même qui affirme haut et fort que le changement doit trouver son fondement dès les premières années de la vie de la future génération, comment parvenir à ce résultat ?

Une nouvelle génération implique par définition et par essence, l'avènement d'un monde meilleur fondé sur des valeurs jadis connues mais oubliées ou mises de côté pour faire place nette aux diverses idéologies politiques qui s'entrechoquent.

Par conséquent, la nouvelle génération se prépare à affronter un monde inadapté dans lequel les gestes les plus anodins peuvent engendrer des conséquences les plus inattendues, susceptibles de faire la une des journaux.

De nos jours, un professeur des écoles (*homme ou femme*) ne peut plus prendre un enfant dans ses bras pour le consoler lorsque cet enfant se fait mal comme cela se faisait dans un temps pas si lointain.

A l'époque actuelle, ce simple geste naturel, humain et spontané revêt un caractère particulier susceptible de porter préjudice à son auteur.

Donc, si à ce niveau les choses sont déjà si compliquées à souhait pour celui ou celle dont la mission est de prendre en charge les premiers pas de cette nouvelle génération, comment faire lorsque, au monde à venir, vient se greffer ce qu'il reste de notre civilisation plus que décadente, agrémenté de souvenirs des torts subis par la génération précédente, surtout lorsque ces souvenirs entraînent des colères incontrôlées, de la rage face à l'impuissance d'agir, provoquant des actions extrémistes causant des dégâts et des traumatismes irréversibles parmi la population innocente et pas du tout concernée ?

Ceci dit, en prenant en compte cette problématique, comment Monsieur Hamed, le professeur des écoles, celui qui veut apporter sa pierre à l'édifice en essayant de changer le monde, voit les choses ? Quelle est sa marge de manoeuvre ?

En résumé, libérer les âmes du ressentiment véhiculé par l'atavisme.

Vaste programme en effet.

Essayons d'y voir un peu plus clair.

Hormis le cadre strict du programme défini par l'éducation nationale en matière de prise en charge des enfants du cycle primaire de l'enseignement, il ne demeure pas moins que le professeur des écoles n'a pas vocation à endosser les habits de l'effaceur de mémoire atavique, un domaine non répertorié dans les disciplines enseignées dans les écoles normales.

Monsieur Hamed pourrait biaiser en utilisant l'heure quotidienne dédiée à la leçon de morale pour faire passer les messages visant à semer les graines qui doivent germer dans le cerveau des enfants dont il a la charge d'année en année, et les amener à adopter la bonne attitude face aux phénomènes susceptibles de déclencher chez eux, des révoltes prévisibles, pouvant entraîner l'accomplissement d'actes répréhensibles et préjudiciables pour la société qui ne demande qu'à vivre en paix.

Comment pourrait-il lutter contre les effets pervers de la mémoire collective entretenue de génération en génération ?

Comment amener ces âmes juvéniles à apprendre à identifier (*dès le départ*) les situations génératrices de colère ? Comment peuvent-elles les désamorcer ?

Qui se souvient des conseils avisés ou non d'un maître ou d'une maîtresse d'école reçus dans son plus jeune âge ?

Que dire de l'enfant devenu homme ou femme, vivant et évoluant dans un milieu dans lequel les stigmates des brimades ancestrales sont un rappel permanent à entretenir la révolte au service et au bénéfice de la communauté ?

L'exclusion de toute démarche intellectuelle permettant d'analyser finement les situations dans lesquelles, le ressentiment est exhacerbé, est avérée lorsque, les appels à la vengeance pour se montrer digne d'appartenir à ladite communauté, deviennent assourdissants.

Par conséquent, comment Monsieur Hamed pourrait-il imaginer un seul instant, détenir le secret pour mettre fin aux révoltes inter-générationnelles dans la société humaine, société dans laquelle les bienfaits supposés de la mixité sociale sont une pure illusion ?

Notes personnelles

Notes personnelles

En fin de compte …

L'univers de tous ces gens que nous croisons, a de quoi nous surprendre agréablement, ou parfois de manière déconcertante.
.

Un visage, un regard, une attitude, tous concourent à nous inviter à imaginer ce qui se cache derrière, non pas pour regarder par le trou de la serrure, mais pour prolonger la rencontre que nous venons de faire et qui aura duré quelques secondes.

Un temps si court ou considéré comme tel, suffit largement à transformer notre vision de ce qui nous entoure.

Notre esprit s'ouvre et notre imaginaire prend le lead.

Notre parcours devient moins monotone. Nous devenons les témoins privilégiés de tranches de vie jusque là, à l'abri des regards indiscrets.

Une indiscrétion bien singulière de ma part en effet.

Je le confesse.

A l'avenir, vous ne verrez plus les gens que vous croiserez sur votre parcours de la même façon.

Si c'est le cas, mon bonheur sera total.

J'ai pris un plaisir infini à vous convier à être à mes côtés lors de ces rencontres imaginaires qui auront soulevé j'en suis certain, de nombreuses questions pour lesquelles votre sagacité saura nous apporter les réponses appropriées, et qui ne manqueront pas de nous instruire.

Soyez-en remerciés (es) du fond du coeur.

FIN

FACETTES

FACETTES

Éditeur : BoD-Books on Demand, 12/14 rond point des
Champs Élysées, 75008 Paris, France
Impression: BoD-Books on Demand, Norderstedt,
Allemagne
ISBN : **9782322257133**
Dépôt légal : Novembre, 2020

FACETTES